파랑새

파랑새

초판 1쇄 발매 | 2024. 12. 25.

펴 낸 곳	도서출판 느루북
편　　집	강원일보 출판기획국
표지그림	선우미애
ISBN	979-11-980857-7-1

파랑새

느루북

시인의 말

시를 쓰게 되면서
세상의 모든 것들이
예쁘고 사랑스러웠습니다.
한올 한올 모아 시를 쓰고 노래하고
급기야 첫 시집을 내놓게 되었습니다.
아름다운 순간입니다.
시와 함께했던 그날들을 모아보았더니
그 속에
꽃이 있고 나비가 있고 벌이 있고
그리고 아름다운 사람이 있습니다.
하루하루 소중한 날들
시를 읽는 마음으로
모두가 평화로운 순간이 되기를 기도합니다.

/목/차/

1부 마음산책길

2부 오늘은 기쁜날

3부 달팽이 긴 여행

4부 솔잎 엽서

1부
마음산책길

꿈꾸는 나무

포근한 하늘 아래
깊이 잠자는 나무

상큼 새봄 찾아와
조근조근 잠 깨운다

어렴풋 꿈속에서
엉거주춤 깨어나

파
랑
새

다소곳 접어둔 고운 꿈
몽울몽울 새움 틔우고

푸른 잎 살가운 바람
고운 햇살 스며드니

해맑은 새들의 노래
청청한 나무 넉넉한 이파리

시원한 그늘 되어 소망 주고파
새날 열어주는
꿈꾸는 나무

나비 한쌍

노랑나비 한쌍
먼 길 가나봐

재빠른 걸음으로
나폴나폴 날아와

국화꽃 위 살포시 앉아
반가워 입마추며
다정하게 정 나누네

예쁜 모습으로
다시 내년에 만나자고
손가락 걸어 약속하네

산들산들 가을바람
정겨운 나비 한 쌍

달콤한 봄

흩날리는 바람결
상큼한 봄 향기 잠 깨우고

파릇파릇 돋아나는 새싹
단꿈 실은 벌나비

수줍은 노란 개나리
새벽이슬 낯설어
꽃잎 가려 미소 짓고

파
랑
새

부끄런 분홍 진달래
흐르는 바람결 따라
아침햇살 노래하고

살랑살랑 사랑 전하네
몽실몽실 행복 나르네

마음 산책길

책갈피 사이로
봄햇살 들어왔다

찬란한 색깔이 보이고
아름다운 소리가 들리고
세우려는 움직임 보이고
새록새록 미소가 난다

주위가 환하고
공간은 넓어지고
산책길 걸으며
마음을 비운다

푹신푹신 하얀 구름
두둥실 두리둥실 떠다니는
산책길

내 마음 맑고 고요하다

벌들의 행복

푸른 하늘 산과 들
싱그럽고 상쾌하다

앞을 보아도
옆을 보아도
뭉게뭉게 하얀 동산
망울망울 피어난 꽃

송이송이 꿀송이
아카시아꽃
향기 가득 사랑 가득

파
랑
새

벌들의 산업단지
어깨 휘어지도록
지고 가도 끝도 없이
쏟아지는 꿀송이

풍성한 풍년가
벌들의 행진
해가 지도록 느긋한 마음
뒷짐 지고 꽃밭을
서성거린다

봄

봄은
힘없고 꿈도 없는 나에게도 찾아와
보랏빛 꿈을 주어 어느새
설렘으로 이곳저곳 분주해진다

앞 밭 냉이도 캐고
뒷동산 진달래도 한아름 안아보고
하얀 나비 노란 나비
오르락내리락 하늘을 나는 모습 따라
여기저기 전국을 돌아다닌다

제주도 울릉도 홍도 거제도
바닷물 갈라지는 모습
긴 장화 신고 바다 가운데 들어도 가고
신비의 바닷길
오묘한 바다

즐겁고 행복한 여행길
온몸에 온 마음에
새 힘 돋는다

고맙고 감사한
새봄

파
랑
새

봄비

밤새
주룩주룩 포근한 봄비
눈 쌓인 하얀 산
툭툭 털어 몸 추스르고

돌 같은 얼음
토라진 땅
부둥켜 흐르는 화해의 눈물
냇물 되고 강물 되어

온 세상
평화롭게 펼쳐진
비단결처럼
묵은 먼지 눅눅한 이끼도
맑고도 청명하게

모락모락 뽀얀 안개
뭉게뭉게 피어나
하늘을 나는 살가운 햇빛

발그레 미소 짓는 새싹들
또르르 빗방울 소리
방긋 고개 든다

새들도 하늘 높이
짝지어 노래 부르는

파
랑
새

희망의 봄비
사랑의 봄비

사랑 1

따스한 햇살
꽁꽁 언 얼음벽 녹여주고

나무가 잎 피우고 꽃 피우고
온몸 다해 쏟아내는 사랑

부모의 아가페 사랑
모든 생명 살리는 사랑

네 이웃을 네 몸과 같이 사랑하라
어려움 외면하지 않는 사랑

사랑 2

하늘은 세상을
끝도 없이 사랑합니다

세상에 모든 나무와 풀 그리고 꽃
새벽이슬로 세수시키고
기름 발라 치렁치렁 머리 빗기어
반짝반짝 아침 햇살 마중합니다

파
랑
새

저마다 무지개빛으로
맘껏 활개 치고 자랑하며
아름다운 세상 펼쳐 나가라고

살랑살랑 춤추는 바람
불볕더위 식혀주는 소나기
졸지 말라는 천둥번개

아끼며 기릅니다
고이고이
사랑으로

사랑 3

농부는 땅과 곡식들을
깊은 사랑으로
자식처럼

지난해 옥수수 모종하고
오랫동안 가물어 모살이도 못하고
시름시름 시름 앓이

비상이 걸렸다
애들아, 우리는 이제 다 죽게 생겼어
벌써 몇몇 친구들은 쓰러지려 해

주인 할아버지 안타까워 들여다보며
이것들 죽는 것 차마 볼 수가 없어
큰 통에 물 가득 밭에 물 주기 시작

옥수수들은 생기가 나서 함성이다
물주는 소리만 들어도 살 것 같다고

목마르지 말고 쑥쑥 자라라고
앞마당 호박 배추 포기마다
구덩이 파고 물을 준다

마음 모아
사랑으로

파
랑
새

사월은 꽃 천국

새파란 하늘엔
하얀 구름 향기 함빡

몽실몽실 양떼구름
보송보송 새털구름
뭉게뭉게 피어나는
파도의 물보라

어둑한 앞산 뒷산
등불 켠 하얀 살구꽃
송알송알 아기자기 벚꽃
부끄럼 잘 타는 귀여운 진달래

논둑 밭둑
샛노란 민들레 앙증맞은 제비꽃
점박이 냉이꽃 긴꼬리 싸리꽃

벌 나비 새들도
쌍쌍이 피어나는
사월은 꽃 천국

사월은 배꽃 잔치

맑은 하늘 다정한 햇살
하얀 눈 덮인 우리 과수원

온통 터널 이룬 탐스런 배꽃
분주한 벌 나비 윙윙 노래

찰랑찰랑 하얀 드레스
살포시 웃음 띤
신랑 신부 손잡고 걸어 나올 듯
곱고도 찬란한 배꽃 터널

파
랑
새

조마조마 살얼음판
꽃샘추위 이겨내고
웅성웅성 볼그레 아기 새잎

가까이 들여다보니
송이송이 조록조록
신기하고 감사함에
미소가 절로 난다

샘물의 꿈

산골짝 맑은 샘물
꽁꽁 얼음 속
춥지도 않은가 봐
돌돌 어디론가 잘도 간다

요리조리 바위틈 좁은 곳도
낮고 더 낮은 곳으로
도랑으로 냇물로 오롯이 흘러

예쁜 각시붕어
뻐꿈뻐꿈 물 먹는 모습
모래밭을 깨끗하게 한다는
말간 모래무지 만나 반갑다

빛나는 새벽별
손톱 같은 그믐달
나란히 어깨동무하며

큰 강으로 넓은 바다로
하얀 파도 타고 살포시
하늘로 날고 싶은
꿈꾸는 작은 샘물

소나무

쌀쌀한 바람
아침햇살 사이로
소나무 상순으로 잠 깨는 기지개

은은한 솔향기
맑고 깨끗하게
한들한들 단꿈 꾸는 가지들

파
랑
새

온 세상 너희들처럼
온유하고 부드럽게
무수한 세월 담은
청청한 소나무

소망의 메시지

고요한 밤 하늘천사 내려와
포슬포슬 하얀 목화솜으로
몽실몽실 온 세상 옷 입혔습니다

곱고도 고운 내 모습 보라 하시네
기웃뚱 갸웃뚱 딸깍 인형처럼
보소소한 솜털 병아리처럼

구름다리 전깃줄 공작새 닮은
단풍나무
잎살 갉아져 송송 구멍 난
대추나무
사랑으로 이어주는
호박넝쿨 울타리까지

차별도 없고
빠뜨림 하나도 없이

새하얀 꿈 꾸라 하시네
소망의 꿈 꾸라 하시네

아기 참새떼

소슬바람 쉬어가는
너울너울 아카시아숲

포르륵 포르륵
이쪽저쪽 가지마다
조롱조롱 매달려
구름다리 놓고
재롱 피우며 경주한다

짹짹짹 재미있다고
짹짹짹 놀이에 푹 빠졌다

나뭇가지 흥겨워
두 손 잡고 그네 탄다

포르르 바람 따라
하늘을 나는
방울 같은
아기 참새떼

파
랑
새

양귀비꽃

나를 보아주세요
절색미인 양귀비꽃
해맑은 눈빛 싱그런 향기

뿌리로 줄기로 잎으로
이른 새벽 숨결 따라
한송이 꽃으로
초연하여라

너를 보며 힘을 얻고
모든 시름 슬기롭게
오랜 시간 비바람 견디며
피운 꽃

꽃잎 주워본다
너를 바라본다

너의 곁으로 가서
양귀비꽃 되어 서 있다

천사 나비

앞마당 따사로운 화단
날개 처진 잠자리 됫돌에 앉아
사륵사륵 졸고 있다

팔랑팔랑 날던 벌 나비 사라진 지 오래고
가냘픈 미니 패랭이꽃잎 늦은 듯 시들어 갈 때
햇볕 따라 찾아온 귀한 나비
갈피갈피 꽃술 따라 사랑 전한다

엄마 마음으로 막내딸 보듬어 주듯
찬바람에 얼어 죽을까
마음 졸이며 날갯짓 한다

맹추위 서슬바람 올 것이라고
살며시 귓속말 전해온다

강하고 담대하라고
보금자리 잘 지켜내라고

시들한 패랭이꽃
찾아온 천사 나비

파
랑
새

33

햇볕 사랑 채송화

키가 작아
화단 맨 앞줄 차지한 채송화

어제도 오늘도
피고 지고 피고 지고
또 피고
송알송알 한여름
사랑 퍼준다

듬뿍 받은 햇살로
나의 등 두들기면
그제서야 부스스 눈을 뜨는 아침
밤새 단장한 손님 맞이한다

한나절 되어도
햇볕 손길 없으면
문 꼭 잠근 채송화

뾰족뾰족 꼬깔모자 쓰고
꽃방석 이루는
햇볕 사랑 채송화

2부
오늘은 기쁜 날

감자

지난해 흉년이던 감자
올해는 풍년이네
예쁘게도 생긴 감자
줄줄이 주워 담으며
하늘에 감사
땅에 감사

감자 한 알이라도 놓칠세라
구석구석 파고 또 판다

그래서
더러는 썩게도 하시는가 보다

개미회

개미처럼 일하자 하여
그 이름 개미회라 하였어요

농사일도 품앗이로 돌아가며
오늘은 옆집으로 내일은 뒷집으로
이웃 농장 품팔이도 즐겁게 했어요

하루 종일 조잘조잘
호호 하하 개미방앗간
깨가 쏟아지고 웃음꽃 피었어요

젖먹이 애기 엄마
등에 업고 일하는 엄마
구슬땀 마다 않고 개미처럼 일했어요

그 옛날 그 추억
사랑스런 개미회 일꾼들

사랑으로 마주잡은 손
따뜻한 추억이에요

나씨네 시레기공장

20년 전
나씨네 시레기공장에서는
축제가 시작되었어요
고랭지 시레기로 인기만점 영양만점
말랑하게 삶아나온 시레기향
서울 양재동까지 퍼져나갔어요
깜깜한 새벽부터
깜깜한 밤까지의 일터에서
지금은 해안의 축제까지
해발 600미터 이상에서 자라난 시레기
찬서리 몇 번씩 맞아 꾹꾹 영양을 쟁이다가
세상에 나오는 시레기
여기저기 비슷한 시레기 내어놓기 시작하니
가짜와 진짜를 구별하여야 하는 시장판
해안의 맑은 공기 먹은 시레기는
해안사람들 마음 닮아 보들보들 부드러워요
가짜 마음 닮아 질긴 시레기는 사지 마세요
맑은 하늘 흰구름에 씻어낸 시레기
양구 해안 시레기 축제
하늘이 내어준 화채그릇에 담아내면
밥 한 그릇 뚝딱 건강해집니다

파
랑
새

39

만남

오랫동안 이웃 살면서
풋낯으로만 지내던 우리

햇살 같은 시창작반 인연으로
바늘과 실 같은 단짝이 되었군요

시 공부에 푹 빠져
여름 가을 겨울 그리고 봄

알콩달콩 추억 가득히
시 공부 속으로 신나게 달리는
권사님의 청춘 자가용

한 주간의 이야기꽃
차창밖엔 이색의 풍경
호호 랄라

팔짱 끼고 한걸음 물러선
세월의 나이

이 모든 것
우리의 힘 아니요
역사하시는 하나님의 은혜입니다
찰랑찰랑 하나님의 축복입니다

파
랑
새

보름달

설렌 마음 훈훈한 고향길
황금연휴라네

그리던 가족 만나
울타리 띠 띄우고

소복소복 쌓이는 우애
맛있는 햄버거 같아

요것조것 받은 선물
하나라도 다칠세라

애지중지 마음씀이
고맙고 갸륵하네

부모님 정성 사랑
풍성한 가을

송글송글 깊은 정
웃음처럼 맺히는

며늘아이 딸아이 마음
휘영청 보름달 같구나

설 명절

하늘은
세상을 은혜로 품어
고향으로 향하는 예쁜 마음
맑고 포근한 날씨 허락하셨습니다

부모 형제 자매
온 가족
옹기종기 한 상에 둘러앉아

파
랑
새

제철 훌쩍 뛰어넘은
빨간 딸기 새파란 고추
싱그럽고 풍성한 식탁

우리의 마음도
여유롭고 넉넉하게
기쁨을 부르는 정

밤하늘엔
촘촘한 별빛
찰랑찰랑 손짓합니다

설을 맞는 마당가
웃음으로 들썩거립니다

상 주고 싶은 세탁기

올겨울 들어 가장 춥다는 오늘
세탁기에 이불 빨래 넣고
따뜻한 방에 편안히 앉으니
옛날 육칠십 년 생각 난다

많은 식구에 마소도 많아
물 긷는 일 빨래하는 일 바쁘고
짧은 겨울 낮 눈보라 헤치는 바람
그때의 겨울은 살을 에이는 듯한
추위라 했다

개울은 꽁꽁 얼어 도끼나 방망이로 깨고
맨손의 얼음물은 시집살이만큼 차가웠다
버쩍버쩍 얼어붙은 빨래
조심스레 뜯어 담아 이고
집으로 오는 길 바람은 사납고
깡총깡총 눈 쌓인 토끼 발자국

집에 와 구들장에 손 녹이면
애리고 쓰려 울 지경이었다

서릿발 추위가 찾아온 오늘 아침
뽀송뽀송 빨래 끝남을 신호해 주는
상 주고 싶은 세탁기

파
랑
새

숲속 카페

산자락 첫동네
꼬불꼬불 요리조리
낯설지 않은 숲속 카페
그윽한 찻잔 속
드리워지는 풍경을 마신다

오밀조밀 섬세한 손길
세월 흔적 묻어난다

대문간 쪼르르 달린 꼬마 새집
빨간 부리 파랑새
갸웃갸웃 손님 맞이할 듯
오목조목 매어 단 종다래끼
줄무늬 다람쥐 눈망울
동글동글 긴꼬리 다잡고
휘몰아 나올 듯

키재기 하는 나무들
실바람 그네타기
솔솔 졸음줄 타고
우아하고 듬직한 꽃
재롱둥이 잔잔한 꽃

살랑살랑 종알종알 앞다투어
주인 자랑하기
발자국 소리에 귀가 쫑긋
반짝반짝 눈
빵긋빵긋 입술

산새들 노랫소리
명탐정 벌 나비
평화로운 한낮, 숲속카페

파
랑
새

썰매

초겨울 강가에 얼음 얼기 시작하면
아이들은 썰매 탈 생각에 마음 설렌다

분주하신 할아버지 어깨에
올망졸망 매달린다

솜씨 좋으신 할아버지 사랑으로
맵시 나고 든든한 썰매 만드신다

줄 서서 기다리는 삼촌 조카들
다 된 썰매 하나씩 옆구리 끼고
신나서 강가로 달려 나간다

꽁꽁 언 얼음판
쌩쌩 달리는 마음
세상을 다 가진 듯
새처럼 하늘을 난다

아카시아꽃

넘실넘실 춤추는 아카시아꽃
예쁜 아기 버선코 같은 꽃

주렁주렁 꽃자루 매달고
바람 따라 향기 전하고
햇살 따라 벌 나비 부른다

손님맞이 즐거워
웃음꽃 화알짝

눈으로 보아 기쁘고
향기로 마음 가득
풍성한 꽃 잔치 즐겁다

향긋한 미소 지으시던
어머니 얼굴 아른거린다

어머니

어머니는 둥근 햇살의 붉은 기억입니다
어머니가 나를 품고 있을 때
세상을 다 품으셨다고 하셨습니다

잠잘 때나 깨어있을 때나
힘든 고비 어려움도
어머니는 사랑으로 여미셨습니다

스치는 바람 소리
꽃보다 환하게
어머니의 미소가 흐릅니다

나는 지금
우물에 빠진 듯
그 어머니의 기억 속에
풍덩 빠져있습니다

그 기억속을 걷고 있습니다

여리고 대작전

우리 교회 주일 아침
대암산 둘레길 걷기 코스
목사님 말씀 따라
기도하는 마음
학생들 사이사이 어른들 끼어들어
침묵으로 완주하는 길
맑은 물 졸졸졸 정겨운 돌다리도
하늘 가린 울창한 나무도
깊은 향기 가득한 숲속까지
여리고 대작전 침묵에 동참한다네

파
랑
새

너레반석 흐르는 물
새들의 노랫소리
가진 것 다 내어주고도 흐뭇한 도토리나무
오르막 손잡아주는 친절한 다래넝쿨
비탈길 지팡이 되어주는 산벚나무
옹달샘 귀여운 쪽박
우산나물 지장나물 취나물 둥글래 개당귀
우리교회 염원지역 이 나라 온 세상
복음화 이루는 여리고 대작전

오늘은 기쁜 날

문학의 도시
선비의 도시
오늘은 강릉 가는 날

뽀얀 안개 자욱한 한계령
구름 타고 오른다
고운 햇살 살포시 불 밝히니
찬란한 단풍 감실감실 황홀해

눈 닿는 우주 공간
손 닿는 공간마다
주님 주신 선물 감사찬송 절로 난다

김동명 문학관 숙연해지는 마음
마당가 감나무 정겹다
옛추억 담긴 경포바다
손에 잡힐 듯 사라지는 하얀 파도
저 멀리 검푸른 바다
넓고 깊은 마음 닮으라 하네

모롱모롱 커피향 피어나는 뢰카페
커피시집 출판기념회
훌륭하신 선생님들 밝은 얼굴
회장님의 격려와 응원에
마른 가지 단비 내리듯 촉촉하다

순수하고 고운 마음 담은
시모작문학회
든든한 디딤돌 되어
활짝 핀 꽃동산 이룰 것을 확신한다

여리게만 보이는 우리 선생님
부드럽고 따뜻한 사랑으로 승리의 깃발
선우미애 선생님

자작나무숲

하늘 이고 서 있는
아름드리 자작나무

삼대같이 빼곡히 들어선
넘볼 수 없는 울타리

여기저기 틈새 햇살
반짝반짝 무지개 서고

울창하고 경건하게 하늘로 치솟아
생명샘 넘치는 평화로운 숲

상큼한 향기 촉촉한 마음
황홀감에 눈 감는다

잔잔히 들려오는 자작나무 숨소리
쏭알쏭알 쏘근쏘근 새들의 노래

바람 따라 구름 따라
출렁이는 내 마음

참매미의 열정

자작나무 벚꽃나무
오리나무 황철나무
가지마다 둥지 틀고

쩌렁쩌렁 합창연주회
맴맴맴 쓰르르
쓰르르 맴맴맴
여름을 꿰뚫는 소리

파
랑
새

땀흘리던 농부아저씨
낮잠 깨우는 소리

증손자 여름방학

사랑스런 일곱 살 증손자
여름방학이라며
먼 길 따라 할아버지 할머니
선물 주러 왔네

예쁘고 고마운 마음
산타 증손자

유치원 가랴 학원 가랴
할머니보다 바쁘다는
우리 준서 재롱에
하루 종일 웃음꽃 지지 않는다

방학숙제 한다는
고사리 같은 손
할아버지 장갑 끼고
호미 들고 감자를 캔다

띠굴띠굴 굴러나오는
감자 주워담으며
끙끙 힘이 난다

빨간 토마토, 예리 고추
배추 뜯어 봉투에 담는다

유치원 방학 끝나는 날
선생님과 친구들 자랑할 생각에
벌써부터 얼굴에
웃음꽃 피어난다

보물단지 며느리

아름다운 보물단지
햇살 같은 정

낯설고 생소한 뜰 안에
맘껏 섬김 다해

정겨운 품속 귀한 보배
슬기롭고 윤택해지는 뜰

사랑스런 보물단지
보듬어 정성 다하리

꿀송이 같이 선한 마음
보물단지 며느리

커피 한 잔

냉냉함 속에서도
온정 나누는 따뜻함

서먹한 사이도
훈훈함으로 풀어준다

봄햇살 같은 커피
겨울을 다독이는 목소리

파
랑
새

커피 한 잔으로
눈사람 녹듯
마음을 녹인다

밤하늘
촘촘한 별빛
속삭이는 마당가
커피향내 가득하다

태중에서

고물고물 새근새근
눈 감고 그려봅니다

동녘 하늘 둥근 태양처럼
희망 안고 힘차게 솟아날
천사를 생각합니다

내 나이 서른 살
막내 아이 태동은
엄마와 천사의 설레는 교감

하늘에서 주신 선물
싱그러운 아침햇살보다
눈부실 나의 천사

3부
달팽이 긴 여행

달팽이 긴여행

몇 일 동안 비오고 흐리니
불볕더위 주춤하다
냉동 취나물 아이스박스
요리조리 뒤지고 또 찾아내어
정성스레 담고도 빈틈 있으니
상추를 뜯어 신문지에 싸서 메꾸어
딸에게 보냈더니
달팽이가 함께 왔다고
사진을 보내왔다
목을 쭉 빼고 나풀나풀 수염
낯선 곳 여행하느라
정신이 없다

강원도 양구
아름다운 산속 펀치볼에서
유유히 흐르는 낙동강
경북 구미로 여행을 갔네요
집까지 짊어지고요

파
랑
새

63

과수원 정자 소나무

오십 년 함께한 소나무
아침햇살 먼저 받아
과수원 비춰주고
거센 비바람 아늑히 막아주고

뜨거운 여름날
시원한 그늘로
일꾼들 쉼 주고
땀 흘려 일하다가
허기진 배 점심시간
즐거운 장소 내어주고

오붓한 우리 가족
정겨운 파티장
듬뿍 정이 든 소나무
솔솔바람 그윽한 향기
아련히 잠들었던 곳

정든 고향 떠나
서울 사람 따라
서울 간다네

서운하고 아쉬운 마음
어이 표현 다 할까

넓은 세상 더 좋은 모습으로
모든 이에게 기쁨 주고 희망 주고
사랑 받고 행복하라고
기도하는 마음으로
너를 보낸다

정든 소나무

냉해 입은 배나무

추운 겨울 견디어 내고
새봄 맞아 실한 꽃

냉해는 겨울을 못잊어
시도 때도 없이 찾아와
꽃술을 무너뜨렸다

꽃잎 없이 나뭇잎만 무성하게
쓸쓸한 바람에 흔들리고

배나무는 가지마다 자식 없어
할 일 없이 허송세월 보낸다

그래도
배나무는 포기하거나
실망하지 않고
내년을 기다리며
꿋꿋이 서 있다

다시 좋은 열매로 풍성히
알곡을 곳간에 채우리라
기쁨을 안겨주리라

다짐하는
냉해 입은 배나무

대견하고 안쓰럽다

파
랑
새

동생

사랑이신 아버지시여
깨끗케 하여 주시옵소서

늘 마음 한 켠에 자리잡은
동생
만물이 생동하는 이 봄
몸도 마음도 심히 곤고하여
영혼까지 시려옵니다

성할 때나 아플 때나
변함없는 엄마의 자식 걱정
자기 몸 가누지도 못하면서
생각은 그 옛날로 돌아가
밤새 현관 문턱에 앉았습니다

동생은
밖에 있는 아이들 데려와야 한다고 고집입니다

절박한 그 마음
생각하니 망연자실 눈물만 흐릅니다

새벽녘 잠깐 자고 깨어난 아침
빵끗 웃음 위로가 됩니다

위로자 되시는 아버지시여
절망에서 구하옵소서

파
랑
새

믿음의 반석

우리들 마음
한마음 되어
뭉게뭉게 피어나리

당신 결정
내가 따르고
나의 선택
함께 하는

서로의 믿음으로
둥글고 매끈하게

따스한 낙락함
은혜롭고 향기롭게

소리와 빛깔로
찬란하여라

믿음의 반석으로
쌓아가리라

배 솎기

선택의 날
화려한 꽃 피고 지고 열매 맺어
몇 날 몇 일, 한 방의 한식구들

왕 앞에 나아갈
에스더의 몸 단장하듯

수정 같은 새벽이슬
좋은 양식 햇살 듬뿍
토실토실 윤기 자르르

동료들 있었기에
내가 돋보였노라고

왕창 떨어져 나가는
그들의 눈물에

겸손히 감사하며
승리의 다짐을

배봉지 싸기

꽃샘추위 이겨낸
생글생글 눈웃음
동글동글 귀염둥이
오목오목 배꼽자랑
방긋방긋 손짓한다

한낮 땡볕에 데이지 말고
속 연하고 색깔 예쁘라고

노란색 봉지로 토닥토닥 싸주면
넉 달 동안 몸단장에 힘을 다한다

풍성한 가을 황금배
벌써부터 즐거워
싱글벙글 엄지척

상반기 수업

봉긋봉긋 빨긋빨긋
움트는 새싹

상큼한 바람 따라
웃음 터지는 꽃들의 축제

찬란한 향기 사월
시창작 수업 시작

선생님의 새순 같은 사랑
섬세함과 예리한 첨삭 시간

덮어두었던 생각들
저기 뒤편의 기억들

쟁여둔 실타래 가려내듯
생각의 숲을 열어갑니다

잎 피우고 꽃 피우고
종이에 물기 스미듯

선생님의 뜻
마음속 듬뿍 담길 원합니다

파
랑
새

73

새벽기도

신년 특별새벽기도회
초롱초롱 새벽별
횃불 들고 앞장섭니다

장로님 차 집사님 차
나란히 오고 있습니다
마당엔 비좁은 주차장
소금과 빛이 되라는
새벽이슬 같은 말씀

한 사람 한 사람
안수기도 하시는 목사님

우리의 마음과 생각을 다 아시는
나의 앉고 일어섬을 다 아시는
하나님

새해에도
평안한 삶 허락하소서

설악산 단풍

한계령 단풍
병풍을 두른 듯
매끄러운 산자락

온 세상 다 가진 듯
오묘한 자태
순간을 놓칠세라
아쉬움 남길세라
붉은 마음 흠뻑 젖었다

반짝반짝 빛나는 색깔
이글이글 불타는 단풍
가는 발걸음 유혹하는
애교 덩이 단풍
나폴나폴 춤추는
잎새 바람

비단결이 곱다지만
이만큼 고울까

파
랑
새

솔밭 이야기

푸른 솔
빼곡히 들어선
정겨운 이야기 숲

울타리 띠 띠우고
든든한 기둥
하늘 지붕 삼고

긴 세월 지켜온
담담한 기풍

솔향기 담은 이야기
찻잔에 넘치고
해맑은 연꽃인냥
한 잎 두 잎 피어나는
우리들의 이야기

종알종알 새들의 노랫소리
웃음꽃 재촉하는
솔밭 풍경

황금배

맑은 새벽 이슬 담고
신호를 보낸다
올해도 꿀맛 나는 배로
인사하겠노라고

종종걸음 바쁜 하루
산들산들 품속 들어오는 바람에
농부는 고단함 씻어낸다

천둥번개 거센 비바람
쥐구멍을 찾던 날들도 있었다
유난한 폭염으로 지친 날도 있었다

자식 같은 너도
에미 심정 나도

잘 참은 인내로 좋은 결과 이뤄냈다

맑고 탐스럽게 자랑스럽다
뚝뚝 흐르는 단물 뱃속까지 시원하다

하늘에 맞닿은 펀치볼 마을
하늘거리는 바람 축복된 마을

파
랑
새

은행나무

봄부터 한여름까지
땀 흘려 잎 피우고 반짝거리더니
탱글탱글 가을날
주렁주렁 열매 풍성합니다

하늘에서
잘했다 칭찬하며
상을 내렸습니다

황금빛 금관
수여 받았습니다

감격하여
뚝뚝 떨어지는
황금 눈물

황금빛 노래
가을날의 노래

낮에도 노란 별처럼
열린 은행나무

멈칫멈칫 구름이 말을 겁니다
참 잘했노라고 토닥거립니다

파
랑
새

여보, 미안해요

항상
강하고 담대한 당신

언제나
시원한 그늘이었고
따뜻한 햇살 되어 주었지요

그런 당신
이제 팔십 고개 중턱에서
몸도 마음도 약해지시었으니

당신의 그 마음
미처 헤아리지 못하여
너무너무 미안해요

이제라도
당신의 마음
당신의 그 사랑
듬뿍 되돌려 드릴게요

쪼그라지고 거친 주름
온유하고 포근하게
손 꼭 잡아 드릴게요

당신의 귀한 아로새기어
하루하루 감사한 마음이면

이 세상 더 큰 즐거움
어디 있으리요

파
랑
새

요양원

조용하고 한적한
가정집 같은 요양원

현관에 들어서니
행복한 웃음소리

곱게 단장한 옷차림
친구들과 손에 손잡고
얼굴 마주하며 웃는다

반가워 들어서는데
낯설다 뒤돌아선다

엄마, 나야
딸의 목소리 반가운 듯
떨린다

딸, 사위, 손주가 둘러앉은 면회실
과일 접시 내온 선생님

어서들 드세요
나는요 빨리 들어가야 해요

거기는 무척 재미있나 봐요?
물어보는 내 말에
그럼요 재빠르게 대답한다

파
랑
새

맑고 밝은 웃음소리
귀에 쟁쟁하다

청국장

노랗고 단단한 구슬
활활 타는 가마솥
웅성웅성 용솟음 속
세 시간 연단 되고
두 시간 뜸 들이고
펄펄 끓던 가마솥 뚜껑을 열면
세월 살았던 마음만큼
참았던 숨 몰아쉬어

하얀 구름 되어 하늘을 날고
옛 추억 담긴 요요한 갈색 덩어리
달콤한 메주콩이 된다

한 김 나간 후 잠박에 보자기 깔고
이불 덮어 삼십 도의 따뜻하고 포근함 속에
살 맞대어 이틀 밤 잠재우면
끈적한 하얀 홑청 함박 뒤집어쓰고
이제는 떨어지지 말자고 줄로 엮어 울타리 치고 있다

다시 뜯어 절구에 찧어 농밀하게 뭉치면
토다닥 토다닥 예쁜 옷으로 갈아입고
입맛 구수하고 영양 찐한
새롭게 태어나는 청국장

풍년 가을

이른 봄 벚꽃나무
실한 꽃 피우더니

선들선들 갈바람
성큼성큼 다가와

이파리 사이사이
살갑게 어루만져

알록달록 옷 입혀
풍년 가을 전하라네

우리 모두 함박웃음
덩실덩실 물결의 춤

덩달아 쫑긋쫑긋
꼬치 치켜 감사하며

반짝이는 눈망울
오물오물 그 입
산토끼와 다람쥐의 정겨움

즐거운 노래 방앗간
찾아오는 참새떼

풍성한 황금빛
풍년 가을이로세

파
랑
새

향기로운 칡꽃

뉘엇뉘엇 해질녘
둘레길을 걷는다

살랑살랑 실바람
짙은 향기 들어와
주위를 둘러보니

커다란 아카시아
키를 훌쩍 넘어
줄줄이 그네 타는 칡넝쿨
한세상 내 세상
불빛 밝히 펼쳤다

포도송이 닮은
곱다란 보라색 꽃송이
온 동네 달콤하게 사랑을 부른다

발 빠른 벌들
요 때를 놓칠 쎄라
꽁무늬 치켜 올리고
풍덩 꿀단지에 빠졌다

그윽한 칡꽃 세상
온 동네 향기롭다

89

4부
솔잎 엽서

가을 하늘

드높은 하늘
이제 자기의 본분 다했다고

멀리서 바라보며
받은 만큼 결실을 하라고

풍성하고 탐스러운 열매로
예쁜 색깔 가을빛으로

황금 들판의 충만함으로
한아름 가득하기를 응원하리니

하늘의 섭리와 진리에
순응하며 화평하라 하네

파
랑
새

겨울바람

문밖을 나서는 순간
바람이 인사한다
고마워 미소짓는다

바람은 날씨를 알린다
바람은 계절을 전한다
기쁜 소식도 전한다
금슬 좋은 씨앗도 나른다

무더기로 쌓인 낙엽도
한잎 한잎 일구며
제자리 찾아준다

목마르게 봄을 기다리는 가지마다
한올 한올 일깨우며
토닥토닥 다독인다

봄이 가까이 오면
겨울은 아쉬움 남기고
길다란 고드름 달고
떠나가는 것이라고
바람은 부드럽게
이야기 해준다

김장하는 날

무, 배추, 고추, 마늘, 생강, 젓갈, 웃음
모두 한데 모여 뭉쳤다

이 모양 저 모양 이 맛 저 맛
울산바위 닮은
뾰족뾰족 생강봉우리
마당에 활짝 핀
백일홍 닮은 이웃아주머니 웃음
버무려 담은 김치

즐겁고 행복한 오늘
풍요를 누리누나

겨울의 으뜸
하하호호 웃음 가득
김장하는 날

바다

하늘 아래 귀한 너희들
하얀 눈 덮인 산골마을까지
새파란 겨울 바다 품고 왔네
향긋한 내음 흠뻑 머금은
생굴 집채로 떼어왔으니
집은 나야가라 물결을 이루고
울퉁불퉁 노을 파도 짊어지고 있네요
너희는 무얼 먹고살기에
몽올몽올 몸도 키우고
탄탄한 집도키우네
신기하고 신통하다

그래 너희 고향은
깊고 푸른
바다로구나

너희들의 청춘은
바다에 있었구나

파
랑
새

97

눈

오늘도 마당에 눈이 내렸다
아침마다 앞길 옆길
눈을 쓸고 나면 마음이 상쾌하다

마을과 골목은 고요하다
앞집강아지 옆집고양이
오목오목 꽃무늬
발자국 남기고 갔다

그 옛날
눈이 오는 날이면
아이들은 좋아라 신바람 났다
덩달아 복실이도 뛰었다
아궁이에 검댕이숯
광에서 빨간 고추
여름철 밀짚모자
한바탕 법석을 떨고 나면
멋진 눈사람 탄생했다
초롱초롱 아이들의 샛별 같은 눈
볼은 빨간 사과 같고

호호 부는 두 손 곱아도
추위를 잊고 놀았다
할아버지 할머니 온 식구들 모여
즐겁고 행복한 웃음소리
하늘도 방긋 웃었다

마을과 골목은 고요하다
오목오목 꽃무늬에
어둠이 내린다

파
랑
새

대암산 눈꽃

팔십년대 겨울
처음 발걸음 대암산에 올랐다

한길 눈 쌓였고
송글송글 서릿발
온 천지 눈꽃이다

바위도 나무도
헤아리기 어려운
이국적 풍경

쌓인 돌 하늘로 치솟아
돌산령이라 했다

우람한 나무 한 그루 없다
병아리 품은 암탉 같은 둥우리

구름 내려오니 오르지 못했을까
몽올몽올 껴안은 양팔 저울

마디마다 옹이진 세월
강추위 칼바람 견디어낸 나무
마음 아리고 눈물겨웠다

훌쩍 세월 지난 오늘의 대암산
살얼음 박힌 설움 이기고
흰빛 웃음으로 넉넉히 안아주는
참 아름다운 산
내 어릴 적 꿈이 날아다닌다

파
랑
새

두만강

세월 흔적 흐린 물결
맑고도 푸르게
쉼 없이 흐르고 흘러

나룻배 엉클어진 실타래
한올 한올 치장한
긴 머리

삭막한 산야에
화창한 봄 찾아와
파릇파릇 움트고 새싹 나오니

평화롭고 울창한 숲
요리 기웃 조리 기웃
종달새 우짖고

고요한 마을
옛이야기 꿀송이 같고
방실방실 꽃들의 행진 따라
유유히 흐르는 두만강

별꽃

하늘에 아름다운 별들
세상 구경 하고파
몰래 함박눈 타고 내려옵니다

하얀 눈 위에
온통 별꽃이 피었습니다

낮에는 햇빛 반갑다고
반짝반짝
밤에는 가로등 고맙다고
반짝반짝

파
랑
새

우리네 마음 즐겁다고
반짝반짝
우리네 정신 맑다고
반짝반짝

온 세상 마음은
온통 별꽃입니다

산은 그랬어요

매서운 겨울 이겨내고
더 말라버릴 것 없이
핼쑥한 산

삼동을 견뎌낸
연둣빛 바람에
포스스 잠깨어 눈 뜨더니

뾰족뾰족 움트고
몽글몽글 봄꽃 송이

어느새
산은 그랬어요

향기롭고 포근한
엄마의 품속 같았어요

달려가 안기고 싶어요
평화로운 꿈 꾸고 싶어요

섭리

우리 마음 어찌
한결 같을 수 있나

한 날의 날씨도
흐렸다 개였다
맑았다 갑자기 쏟아지는 소나기

파
랑
새

그렇게 층층히 쌓여
알각달각 열매로
눈부신 단풍되듯

우리네 마음도
기뻤다 찡그렸다
웃었다 슬펐다

그 마음 어찌
방긋방긋 하기만 할까

우리 마음 갈피갈피 고이 접어
향기로운 보자기에 담아
넉넉하게 잘 익어가기를

설 만두

포근히 눈 내리는 설
김치 두부 꼭 있어야 할 것
갖가지 좋은 것 다 모아
길지도 크지도 모가 나도 안 된다

똑딱똑딱 장단 맞추어
누가 뒤질세라 정겨운 노래
옛날 백결 선생
거문고 소리 같은
떡방아 소리

어쩌다 삐져 나오면
온유함으로 다독여
함께 어울려야 한다며
꼭꼭 집어넣는다

한 해의 테를 그리며
온 가족 이야기꽃 피우며
좋은 일 어려운 일 다 모아
모두 함께 키 재가며
둥글둥글 살랑살랑
가슴에 온기 넣는 소망 안고
오가는 사랑
복된 설 만두

파
랑
새

솔잎 엽서

싸리비 끝에
바람이 분다

사계절 청청한 소나무
아깃자깃 새들의 보금자리
눈도 마음도 흥겹다

이른 봄 한여름 가을 자리까지
향긋한 봄피리 소리
한여름 내리붓는 장맛비
세월의 무게 단 가을바람 소리

막아주고 안아주고
보듬어준 엄마의 옷

슬그머니 벗어놓고
초롱초롱 갈빛 엽서
겨울 준비 한창이다

시레기 사과축제

알콩달콩 축제장의 소식은
꽃 피어난 마을처럼 환하다
아기손처럼 연하고
양구의 청춘처럼 새파란 시레기
아삭거리는 볼 빨간 사과의 얼굴들
넉넉한 해안마을은 손님맞이 한창이다

원통에서 오는 산길 꼬불꼬불 개울 따라 흐르고
대암산 터널지나 가전리 물골 지나면
차량의 물결들 파도처럼 출렁인다
노란 버들가지 한들한들 단풍잎
환한 미소 반가운 인사로 덩달아 축제다

유명가수 등장하는 노래자랑
쟁쟁한 먹거리 불꽃 튀는 열기
손에 손잡은 아기들의 나들이 꽃
양손 가득 꾸러미 정겨움 가득하다

높고 푸른 하늘 아래 펀치볼
눈부신 그 이름
축복의 땅 해안마을

파
랑
새

시인의 마음

시인의 마음은
하늘하늘 나래 달린
하늘 천사일 거야

소복소복 흰 눈 같은
고운 마음
휘영청 보름달 같은
넉넉한 마음

예쁜 새들과 즐겁게 노래하듯
산들바람 시 한 수 정겨운 듯

맑은 냇물 모래 속 버드쟁이
모래무지 함께 노니는 하루처럼

그으름 하나 없는 예쁜 마음
여린 새순 같은 시인의 마음

신비의 눈(雪)

밤새 소리 없이 눈 내리는 날이면
아침에는 온통 새하얀 천국이다

장독간에서부터 들로 산으로
자기의 모습 그대로 하얀 눈 세상
부러울 것 없다 그 무엇도
흐트러짐도 없고 덧붙임도 없이
티 한 점 없이 눈부신 하얀 눈꽃송이

온 세상 편안하다
온 세상 포근하다

백설에 덮인 채
세상을 다 품은
신비의 눈
그런 마음 닮고 싶다

파
랑
새

인심 좋은 꽃

뭉게뭉게 꽃동산
피어나는 아카시아꽃

한 고을 하이얀 아파트단지
층층이 방마다 방문하는 향기

반가운 날갯짓
주고받는 인사

후덕한 인심
빈손으로 보내지 않는다

살랑살랑 잰바람
달콤한 향기 퍼나른다

온 세상 풍성하여
차고도 넘치는 꿀 향기

송이송이 꽃송이
환한 미소 꿀단지

파랑새

겨울바람 헤치고 날아온
파랑새의 날갯짓
영혼을 깨우는 희망
금빛 햇살 따라
평화의 꿈을 꿉니다

연둣빛 나뭇가지에 앉은
새색시 얼굴처럼
볼 빨간 파랑새
천사의 날개 달고
행복의 꿈을 꿉니다

파
랑
새

겨울바람 헤치고 날아온
파랑새의 날갯짓
영혼을 깨우는 희망
금빛 햇살 따라
평화의 꿈을 꿉니다

연둣빛 나뭇가지에 앉은
새색시 얼굴처럼
볼 빨간 파랑새

잊지 못할 웅변대회

파아란 하늘아래 아늑한 산골마을
옹기종기 아담한 초등학교

아침마다 조회 체조하며
모심기 닭장 토끼장 모이주기

공부하기 재미있고 쉬는 시간 즐겁다

고무줄놀이 공기 땅따먹기
쨍그랑 쨍그랑 종소리
번개 같은 시절

육이오 행사 읍내중학교 웅변대회
우리학교는 사학년 월반
오학년 내가 참가했다

아침 일찍 선생님과 꼬불꼬불 산고개
울퉁불퉁 바위틈 길 청명한 뻐꾸기 소리
합창하는 새들의 화음
산토끼 다람쥐 함께 걷는 삼십 리 길

처음 타보는 버스에서
흔들거리고 몸을 비틀거리며
아~~ 육이오!
연습 삼매경

드디어 웅변대회는 시작되어
내 차례가 왔다
얌전히 인사하고 원고 펴는데
똘똘 말아쥐었고 원고 펴지지 않았다
쩔쩔 매다 차분히 웅변을 했다

학교로 돌아온 다음 날
어제처럼 다시 한 번 하라시는 선생님
나는 부끄러워 할 수가 없었다
끝내 선생님은 원고를 내던지셨다

죄송합니다 죄송합니다
너무너무 죄송합니다

다시 되돌리고 싶은
그때 그날
그 시간

파
랑
새

크리스마스 군부대 위문 _대암산

하늘은 맑고 바람은 쌩쌩
80년대 겨울은 영하 30도

새마을 연중행사
군부대 위문 만두잔치 열렸다

집집마다 걷어온 김치 20kg, 밀가루
하루 종일 회원들 깔깔 웃음 분주한 손길

빚은 만두 마당에 내놓으면
꽁꽁 눈사람처럼 순간 냉동

군용차로 부대 도착
온천지가 눈꽃이다
눈이 부시다

가마솥에 불을 지핀
새벽 세 시
산 아래서 길어온 물
취사반 장병 주술 들었다

맛있게 끓인 만둣국
반짝 쇼 벌어졌다

고춧가루 넣은 특별 만두 차지하는 군인
휴가 보낸다는 중대장님 약속

취사반 장병 세 명 살짝 넣어
맹추위 속 화덕 같은 분위기

따뜻하고 즐거운 크리스마스
군부대 위문 대암산

하늘이 내어준 화채 그릇 펀치볼

아침햇살 파란 하늘
대암산 샘터에 오르면

새하얀 안개빛 파도 물결
하늘에 닿아 출렁이는 황홀함

한참 후에야 서서히 드러나는 산
솜털 벗기듯 차례대로 고개드는 산

대암산 가칠봉 을지전망대 진고개
제사 땅굴 와우산

눈이 모자라는 넓은 들판
옹기종이 무지개빛 햇살
풍요롭고 아늑한 일곱 마을

사과 배 수박 메론 인삼 시래기 감자
과일 채소 유명세 타는 마을

하늘이 내어준
화채 그릇 펀치볼